蒋家平 著

龙湖长短句

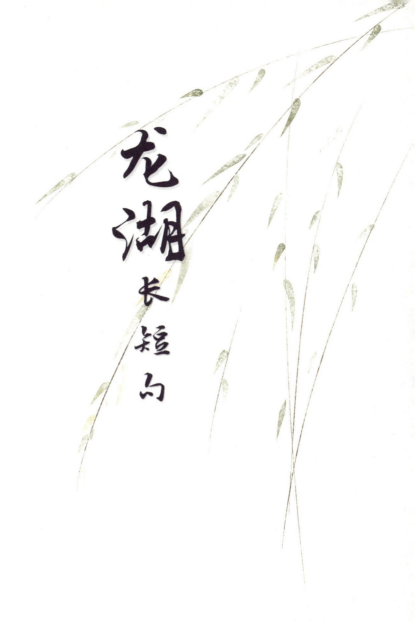

中国科学技术大学出版社

内容简介

本书为作者在工作之余所作长短句之集,共150首,分"抚景抒怀""观水听风""感时阅世""闲居清思""寻章摘句"五部分,以记录对自然、生命之体悟,或咏物赞景,或咏物言志,考究词牌韵律,并配有与文相应的图片,可供古诗词爱好者阅读。

图书在版编目(CIP)数据

龙湖长短句/蒋家平著.—合肥:中国科学技术大学出版社,2024.3

ISBN 978-7-312-05896-7

Ⅰ.龙… Ⅱ.蒋… Ⅲ.诗词—作品集—中国—当代 Ⅳ.I227

中国国家版本馆CIP数据核字(2024)第042558号

龙湖长短句
LONGHU CHANG-DUANJU

出版	中国科学技术大学出版社
	安徽省合肥市金寨路96号,230026
	http://press.ustc.edu.cn
	https://zgkxjsdxcbs.tmall.com
印刷	合肥市宏基印刷有限公司
发行	中国科学技术大学出版社
开本	880 mm×1230 mm 1/32
印张	5.25
字数	75千
版次	2024年3月第1版
印次	2024年3月第1次印刷
定价	36.00元

自 序

壬寅春，余自芜湖奉调蚌埠，远长江而近淮水，去花津而来龙湖，倏忽间已历二载矣。其间，事务之冗杂繁苛自习以为常，业余之省繁从简亦循之有章。每于公余，或闲步于龙子湖畔、栖岩寺旁，或徜徉于先贤大训、绝美宋词，听风雨之嘉声，观日月之辉光，感岁华之摇落，体天地之深广。有所思，辄信笔以记，不意间积百八十余首。今删芜就简，斫琱为朴，集以成册，分"抚景抒怀""观水听风""感时阅世""闲居清思""寻章摘句"凡五部，共150首，名之为《龙湖长短句》。

词之美，美在外形之句调韵律，内质之情味意境。有千百种音韵，便有千百种深情并茂；有千百种词调，便有千百种顿挫抑扬。然"长短句于遣词中最为难工，自有一种风格，稍不如格，便觉龃龉"。"语尽而意不尽，意尽而情不尽，岂平平可得仿佛哉！"（宋李之仪《跋吴思道小词》）余之习词，始于江城芜湖，迄今时过三载，庶几尚未入门。自知才疏学浅，资质平庸，难有妙语飞动，佳句如弦。然余无急功，更无近利之图，惟兴之所至，好之于心，故得不揣浅陋，持之以恒，不疾不徐，自在安闲。间或得三两高友订谬补遗、匡余不及，于愿足矣。

宋柴元彪《击壤歌》云："眼前富贵须年少，吾将老矣行且休。"余已鬓白，行将花甲，唯知老骥千里，勉力为之，既无竞胜之心，亦无荣枯之志，虽人不知而不愠。然则成此著述之虚名安用哉？只点检生涯，敝帚自珍，未忍委弃耳。

是为序。

蒋家平

甲辰二月，于海岸明珠客舍中

目　录

自序　　　　　　　　　　　/ i

抚景抒怀

鹧鸪天·筑室龙子湖	2	捣练子·枯槎	21
忆江南·春来早	3	浣溪沙·枯木	22
唐多令·龙湖晚步	4	浪淘沙令·乘兴且投闲	23
行香子·千树桃花	5	浪淘沙令·访梅花谷	24
朝中措·桃花谢	6	眼儿媚·龙湖春寒	25
菩萨蛮·关山云不收	7	南乡子·栖岩寺闲步	26
鹧鸪天·南陌春深	8	阮郎归·梅梢二月天	27
浣溪沙·蔷薇落	9	鹧鸪天·细雨霏霏作春寒	28
唐多令·花事几匆匆	10	临江仙引·清明桃李谢	29
采桑子·月挂疏窗	11	醉花阴·蔷薇	30
采桑子·几缕炉香	12	锦堂春·过水墨汀溪	31
鹧鸪天·石关遣闲	13	醉翁操·龙湖晚步	32
一剪梅·入秋新凉	14	定风波·登天堂寨主峰	33
忆王孙·秋渐老	15	鹧鸪天·登涂山	34
行香子·龙湖秋暝	16	鹧鸪天·宿月亮湾作家村	35
临江仙引·秋叶落	17	临江仙·篁岭观秋	36
行香子·龙湖寻幽	18	定风波·程村晚秋	37
江城梅花引·张公山闲步	19	鹧鸪天·瑶里一日	38
采桑子·榴叶黄	20	临江仙引·西安古城墙独步	39
		行香子·春日访梅花谷	40

iii

观水听风

风入松·春水净无沙 42	点绛唇·又见人间烟火 61
渔歌子·闲步 43	浣溪沙·腊残 62
渔歌子·窗外数声蛙 44	蝶恋花·立春 63
蝶恋花·桃叶成阴 45	菩萨蛮·龙湖春暝 64
行香子·龙湖骑行 46	武陵春·龙湖春浅 65
浣溪沙·芳菲半已空 47	如梦令·惊蛰 66
减字木兰花·小满 48	浣溪沙·四顶山小聚 67
唐多令·还乡 49	浣溪沙·春回 68
眼儿媚·龙湖初夏 50	渔歌子·一夜风高落梨花 69
眼儿媚·满树红薇 51	浣溪沙·南陌雨收 70
忆王孙·莫如归 52	浣溪沙·龙湖飞沙 71
浣溪沙·幕溪河闲步 53	减字木兰花·归乡 72
浣溪沙·秋暑如蒸 54	少年游·春暮 73
渔歌子·南园逢秋 55	少年游·月亮湾纪行之二 74
唐多令·龙湖秋凉 56	柳梢青·月亮湾纪行之三 75
浣溪沙·中秋返乡 57	阮郎归·枇杷熟 76
浣溪沙·龙湖晚步 58	临江仙引·龙湖晚步 77
南歌子·京城秋半 59	行香子·游桃花潭 78
忆王孙·北地秋风 60	眼儿媚·盛夏 79
	临江仙·中央公园闲步 80

感时阅世

浣溪沙·疫疠未消 82	鹧鸪天·抢得梅花一段香 95
浣溪沙·庐阳十万家 83	阮郎归·群贤集 96
浣溪沙·万籁无声 84	忆王孙·游宦期年有感 97
浣溪沙·雀语哗 85	浣溪沙·桃子压枝杏子黄 98
长相思·杏子黄 86	浣溪沙·公事繁 99
浣溪沙·偶感 87	浣溪沙·过庐州中央公园 100
唐多令·家父仙逝七日 88	鹧鸪天·师友相聚有感 101
长相思·虫声自短长 89	浣溪沙·家父仙逝周年 102
鹧鸪天·疫疠初消今又来 90	锦堂春·偶感 103
眼儿媚·过一鉴亭 91	鹧鸪天·南国仲夏 104
唐多令·重阳忆父 92	定风波·感事 105
临江仙引·疫疠难消 93	鹧鸪天·立秋 106
定风波·腊雪迎春 94	天净沙·寒露 107

闲居清思

浪淘沙令·遣闷　　　　　　110
唐多令·尽余欢　　　　　　111
鹧鸪天·一曲蝉声自短长　　112
鹧鸪天·新书至　　　　　　113
浣溪沙·游二祖山寺　　　　114
唐多令·锥子山徒步　　　　115
浣溪沙·校园晚步　　　　　116
唐多令·生日抒怀　　　　　117
唐多令·感秋　　　　　　　118
江城梅花引·剩丹黄　　　　119
采桑子·篱边落叶无人扫　　120
南乡一剪梅·天地莽苍苍　　121
临江仙·岁末　　　　　　　122
浣溪沙·雨声繁　　　　　　123
浣溪沙·无题　　　　　　　124
眼儿媚·草木又芳华　　　　125
浣溪沙·月亮湾纪行之一　　126
浣溪沙·闻中秋兄
　　　　医道讲座有感　　　127
破阵子·生日抒怀　　　　　128
西江月·感冬　　　　　　　129
沁园春·癸卯年腊尽逢雪　　130
八声甘州·
　　立春日午后大雪　　　131
水调歌头·癸卯除夕　　　　132
定风波·春寒中
　　闻窗外莺语叽喳　　　133

寻章摘句

浣溪沙·春雨寒	136	减字木兰花·癸卯新年	147
行香子·水抱孤村	137	江城子·春在溪桥第几家	148
浣溪沙·清明	138	破阵子·东风暗换年华	149
浣溪沙·夏日长	139	蝶恋花·花事了	150
浣溪沙·一盏清茶	140	锦堂春·感事	151
浣溪沙·阳历生日感怀	141	浣溪沙·感事	152
浣溪沙·梧叶新黄柿叶红	142	浣溪沙·新秋闻蝉	153
采桑子慢·韶华几许	143	唐多令·感秋	154
唐多令·初冬感怀	144	定风波·中秋无月	155
忆王孙·徒倚阑干衫袖冷	145	定风波·有感	156
浣溪沙·除夕	146	西江月·偶感	157

抚景抒怀

看花看水还看山,听松听瀑又听蝉。
沽来村酒难成醉,写就文章不换钱。
——鹧鸪天·石关遣闲

鹧鸪天·筑室龙子湖

2022年3月12日／晴／周六
昨日履新。

江南风景与众殊，
春红带雨润如酥。
千寻楚水流今古，
万里闲云任卷舒。

整书帙，又当途，
菜花开遍柳花初。
拂衣未许还归卧，
筑室相依龙子湖。

抚景抒怀

忆江南·春来早

2022年3月19日／多云／周六
诸事烦扰，闲心全无。

春来早，才放海棠红。
为比凝脂娇未足，
须当酥雨绿方浓。
开谢苦匆匆。

云散后，碧月入帘栊。
何意疏闲全放却，
只缘尘事满胸中。
斑鬓亦从容。

抚景抒怀

唐多令·龙湖晚步

2022年3月23日／多云／周三

春意满人间，芦汀碧柳烟。
小桥旁、桃李争妍。
龙子湖边垂钓客，
夕阳下、掷纶竿。

尘事若循环，曹山继赭山。
翦翦风、恍似江南。
且趁韶光犹未老，
重抖擞、挂征帆。

抚景抒怀

行香子·千树桃花

2022年3月24日／晴／周四
傍晚，入桃园赏花。

十亩荒田，千树桃花。
小院深深夕阳斜。
寻香粉蝶，课蜜蜂衙。
且度芳枝，穿翠影，醉流霞。

篱边草屋，桑麻鸡黍。
便疑身在武陵家。
无忧无乐，长短生涯。
但取春瓯，汲春水，煮春芽。

抚景抒怀

朝中措·桃花谢

2022年3月28日／晴／周一
桃花凋谢。

恼人又是近清明,
啼断鹧鸪声。
忍看桃花谢了,
一池离合新萍。

宁知游子,茕茕孤影,残月空庭。
一枕南柯梦醒,
拥衾又过三更。

抚景抒怀

菩萨蛮·关山云不收

2022年4月2日／晴／周六
傍晚，郊外闲步。疫情下行人寥寥。

珠城三月春如酒，
菜花结子桃花后。
郊野日初斜，
茅棚三两家。

人间多疫疠，
长恨无穷已。
千古水东流，
关山云不收。

抚景抒怀

鹧鸪天·南陌春深

2022年4月17日／多云／周日
小公园闲步。

南陌春深游人稀，
小闲抱膝负暄时。
无边青绿间蓝紫，
几度蜂儿绕野薇。

身渐老，始知非，
一番红褪已空枝。
凭君莫笑依栏久，
且把新愁入小诗。

抚景抒怀

浣溪沙·蔷薇落

2022 年 4 月 28 日／阴雨／周四
蔷薇落。

庭院深深春日长，
莺声啼破碧纱窗。
茶烟一缕散新凉。

时雨千声添冷翠，
蔷薇有泪带余香。
商歌一曲断人肠。

抚景抒怀

唐多令·花事几匆匆

2022年5月1日／晴／周日
小公园闲步。

花事几匆匆，小园万绿浓。
正蔷薇、粉堕泥红。
却喜森森修竹下，
渠一段、水淙淙。

聚散亦从容，行藏两袖风。
燕飞飞、随意西东。
只恐一朝莺摘尽，
枇杷熟、又空空。

抚景抒怀

采桑子·月挂疏窗

2022年5月4日／晴／周三
初夏天气，百无聊赖。晚作。

莺声渐老青苹合，绿柳池塘。
谢褪红妆，出架蔷薇吐剩香。

麦秋时节红榴绽，谁共持觞。
月挂疏窗，缭乱诗书掷满床。

抚景抒怀

采桑子·几缕炉香

2022年5月29日／晴／周日
栖岩寺闲步，夕阳西下。

栖岩寺里游人少，竹映空廊。
几缕炉香，一抹斜晖下梵墙。

莫愁人世多甘苦，只作寻常。
梅子初黄，且入荒陂摘野桑。

抚景抒怀

鹧鸪天·石关遣闲

2022 年 7 月 26 日／雷阵雨／周二
石关消夏，浓雾漫天，暴雨倾盆。

看花看水还看山，
听松听瀑又听蝉。
沽来村酒难成醉，
写就文章不换钱。

追往事，惜余年，
偶无公事枕书眠。
蛩声断续黄昏后，
一碗清茶一缕烟。

抚景抒怀

一剪梅·入秋新凉

2022年8月27日／多云／周六
小公园闲步，暑初退，天渐凉，间或几滴秋雨。

断续闲云断续风，
池柳凉蝉，秋草新蛩。
几声疏雨浥轻尘，
清浅陂塘，萧瑟芦丛。

一苑榴花已褪红，
落叶纷纷，时序匆匆。
此时天色半阴晴，
物物般般，叠叠重重。

忆王孙·秋渐老

2022 年 9 月 28 日／晴／周三
北京。

梧叶黄时秋渐老,
天澹澹、孤云征鸟。
短篱闲径小徘徊,
又满地、苍苍草。

方寸有尘风自扫,
千古事、暑寒昏晓。
一年一度雁归来,
夕阳外、青山小。

抚景抒怀

行香子·龙湖秋暝

2022年10月21日／晴／周五
龙湖徒步，秋水秋山，夕阳西下。

芦荻萧萧，秋叶红黄。
乱林深处桂浮香。
那堪此际，又送斜阳。
但山苍苍，云霭霭，水茫茫。

径蹊曲折，蛩声断续。
失路无须问渔郎。
心灯自照，纤月舒光。
且勿劳劳，休草草，只常常。

抚景抒怀

临江仙引·秋叶落

2022年10月29日／晴／周六
疫情阻隔，东郊闲步。

小径，病草，秋叶落，夕阳斜。
西风又动枯葭。
只几声黄犬，更三两寒鸦。
芙蓉老去，桂子落时，新月傍残霞。

山寺闲来听晚磬，原知冷淡生涯。
纵万重云水，竟弹指恒沙。
聊呼一盏淡酒，且对砌下黄花。

抚景抒怀

行香子·龙湖寻幽

2022年11月1日／晴／周二
傍晚，龙湖湿地探幽。

秋桂余香，寒叶涂黄。
林深处、寂尔陂塘。
别开小径，又对斜阳。
有水连天，云为阵，雁成行。

苍山遥对，秋涛横卷，
阔胸怀、一苇能杭。
利名纷扰，休费思量。
但书盈架，琴三叠，酒千觞。

抚景抒怀

江城梅花引·张公山闲步

2022年11月5日／晴／周六

西风黄叶满空山，
怕秋残，到秋残。
但喜篱头，秋果色如丹。
秋水秋天成一色，
秋声远，片云飞、雁影寒。

影寒，影寒，莫凭栏。
且负暄，可忘言。
往也往也，往事淡、只剩斑斑。
野径斜斜，幽鸟语关关。
砌下秋蛩声续断，
渐夕照，又浮生、一日闲。

抚景抒怀

采桑子·榴叶黄

2022 年 11 月 13 日／阴有小雨／周日
小公园散步，榴叶金黄。

南园渐觉秋声老，一任风狂。
榴叶经霜，褪落青衣尽吐黄。

人间几度炎凉换，落日朝阳。
不羡春光，且作春花独自芳。

抚景抒怀

捣练子 · 枯槎

2022 年 12 月 17 日／晴／周六
昨夜新雪，小公园散步。风劲、露冷，满眼荒芜。

荒径草，矮篱笆，
昨夜寒酥似落花。
多少春红和夏绿，
只今病叶又枯槎。

抚景抒怀

浣溪沙·枯木

2022年12月22日／晴／周四／冬至
阳光甚好,疫情未消。

漠漠寒烟野水浑,
啾啾鸦鸟夕阳昏。
槎丫枯木道旁村。

安得池边三尺雪,
更看槛外万枝春。
一倾樽酒掩柴门。

抚景抒怀

浪淘沙令·乘兴且投闲

2022 年 12 月 24 日／晴／周六
小公园闲步。阳光甚好，行人寥寥。

乘兴且投闲，日上三竿。
庐阳城外苦寒天。
老雁一声惊叶落，碎影斑斑。

弹指又经年，流水人间。
喜忧甘苦在眉弯。
料得明年春更好，画里江山。

抚景抒怀

浪淘沙令·访梅花谷

2023年2月5日／多云／周日／元夕
南雁湖赏梅,绕湖慢跑。

郭外水微茫,残荻枯霜。
绕枝寒鹊两三行。
路转平桥才几许,一径梅香。

碧绿又红黄,浅醉吴妆。
自来僻处是吾乡。
今夜月圆花更好,谁与飞觞。

眼儿媚·龙湖春寒

2023年2月10日/阴/周五
傍晚，迎宾馆候客，湖畔闲步，游古民居博览园。

湖上风涛动残芦，
寒鹭影茕孤。
傍山斜径，泊舟野渡，溪浅梅疏。

乘闲人在烟尘里，
天地入吾庐。
春花秋月，山长水阔，云卷云舒。

抚景抒怀

南乡子·栖岩寺闲步

2023年2月21日／晴／周二
公差归来，栖岩寺闲步。

雁过又斜阳，
竹瘦篱疏古寺墙。
料峭东风吹几度，梅香。
消尽心头一点凉。

往事莫思量，
二月田园好种桑。
待得桃红新柳绿，蜂狂。
且进樽中小杜康。

抚景抒怀

阮郎归·梅梢二月天

2023 年 2 月 25 日／多云／周六晚作。

春衫欲试畏清寒,
梅梢二月天。
草芽未绿柳无烟,
庭前乌鹊喧。

桐影淡,月眉弯,
云闲似我闲。
几时策杖踏青山,
乡歌破老颜。

抚景抒怀

鹧鸪天·细雨霏霏作春寒

2023年3月21日／阴有小雨／周二
连日阴雨，春寒料峭。

细雨霏霏作春寒，
茶烟未断意阑珊。
帘开欲对塘前柳，
聒耳偏闻野鹊喧。

梨花白，杏花繁，
海棠枝上泪痕斑。
韶华应共东风老，
且入诗书别有天。

抚景抒怀

临江仙引·清明桃李谢

2023 年 4 月 2 日／晴／周日
龙湖闲步。

小径，夕霭，堤柳翠，菜花黄。
初萍已泛陂塘。
有败芦经火，又新荻芽长。
春山几处，雁影数行，流水正汤汤。

每近清明桃李谢，残英且供飞觞。
把万千心绪，作方寸寻常。
闲吟旧曲短句，放却两鬓如霜。

抚景抒怀

醉花阴·蔷薇

2023 年 4 月 24 日 / 阴雨 / 周一

梅果青青春已暮,
一夜潇潇雨。
花事已阑珊,
篱下蔷薇,几缕清香度。

秾华毕竟能多许,
好景休空负。
新绿满枝头,
观水听风,一醉无今古。

抚景抒怀

锦堂春·过水墨汀溪

2023年6月23日／午后暴雨／周五
端午假期，雨中游水墨汀溪。

水墨纤丰浓淡，
汀溪缓急温寒。
最是云深幽绝处，
飞雨暗青山。

对镜堪嗟鬓白，
从公不越篱樊。
几时尘事全抛却，
能放此心闲。

抚景抒怀

醉翁操·龙湖晚步

2023年7月5日／晴／周三
龙湖晚步，落霞如火。

陂塘，柔桑，颓墙，荻芦香。
天长，闲云卷舒鸥双双。
几声蝉语匆忙，又夕阳。
小径任苔荒，
击岸轻涛邀晚凉。

兴来独步，随意成章。
倦来几坐，物我穷通两忘。
不管浮沉行藏，莫问高低圆方。
悠哉何有乡，无须频思量。
欲去又徜徉，
落霞才抹三两行。

抚景抒怀

定风波·登天堂寨主峰

2023年8月15日／晴／周二
天堂寨休假。

莫对苍山又感秋，
天阶松径小迟留。
聒耳蝉声惊叶落，萧索，
几声涧鸟可消愁。

溅沫飞流奔万马，如画，
空无一念挂心头。
更上烽台舒一啸，云渺，
人生适意复何求。

抚景抒怀

鹧鸪天·登涂山

2023年9月21日／阴有小雨／周四
伴传杰书记登涂山，感其任上诸劳绩。

荆山遥望雨烟浓，
涂山苍秀四时同。
杖藜徐步二三子，
拊掌雄谈八十翁。

启母石，禹王宫，
千秋懋绩有泥鸿。
曾无一语干荣利，
夙夜忧劳只在公。

抚景抒怀

鹧鸪天·宿月亮湾作家村

2023 年 10 月 2 日／阴有小雨／周一
假日于霍山县月亮湾作家村小住。

万木吟风古月关，
太阳冲上觅秋闲。
阶前何处蛩声急，
篱外谁家菊蕊斑。

添茶兴，助清欢，
涧边飞雨桂花繁。
毋须樽酒消尘念，
本自抽身名利间。

抚景抒怀

临江仙·篁岭观秋

2023年10月28日／晴／周六
结伴登篁岭观秋。

岭上闲云舒又卷，
天街聚散红尘。
粉墙非旧亦非新。
几多声利客，
三两晒秋人。

崖菊迎霜山柿熟，
西风雁过无痕。
竹梧声里自晨昏。
古今多少梦，
不改旧乾坤。

抚景抒怀

定风波·程村晚秋

2023年10月29日／晴／周日
石城程村观日出。

晕淡晨晖晕淡山，
浅深秋色浅深寒。
雀闹枝头枫叶落，纷若，
鸡声啼破碧云天。

不畏尘劳无近远，心满，
且沽村酒问甜酸。
壶里乾坤藏日月，盈缺，
此间一梦可千年。

抚景抒怀

鹧鸪天·瑶里一日

2023年10月28、29日／晴／双休日
江西瑶里古镇风景区休闲。

行也观枫坐看山，
浮梁一日小流连。
千年古道无人过，
百世龙窑只自闲。

夕阳下，小桥边，
谁家茅店起炊烟。
细寻往事真如梦，
且为停杯待月圆。

抚景抒怀

临江仙引·西安古城墙独步

2023年11月25日／晴／周六
西安古城墙独步，晚归，故友遗我筊茶。

垛口，马面，西风烈，夕阳斜。
楼头历尽尘沙。
望汉家宫阙，念唐苑箫笳。
银灯初上，冷月挂空，犹照昔繁华。

故国烽烟原已歇，欣欣十万人家。
务太平功业，度流水生涯。
闲来一卷旧帙，客至两盏金花。

抚景抒怀

行香子·春日访梅花谷

2024年2月17日／晴／周六
午后访南艳湖梅花谷。

鹊噪疏林，路转寒塘，
劈面风里老梅香。
平心错落，随意低昂。
但野坡上，深径里，断桥旁。

凌风斗雪，熬形炼骨，
不与桃杏竞年芳。
孤高情致，冷淡心肠。
只伴清兴，佐琴酒，入诗章。

抚景抒怀

观水听风

韶光早过三分二,豆已实、笋犹香。
落絮随风,总无归处,容易断人肠。
——少年游·春暮

风入松·春水净无沙

2022年3月26日／晴／周六
曑衔公园闲步。

一湾春水净无沙,鼓奏鸣蛙。
千行烟柳依依绿,
旧桥头、满树桃花。
草长莺飞时节,海棠褪了朱霞。

归来知是入谁家,语燕低斜。
赤橙黄绿青蓝紫,
短篱旁、鸡犬桑麻。
田父熟耕田圃,春姑小摘春芽。

观水听风

渔歌子·闲步

2022年3月27日／多云／周日

栖岩寺前日西斜,
锥子山下有人家。
老桃杏,淡梨花,
池柳疏烟噪晚鸦。

观水听风

渔歌子·窗外数声蛙

2022年4月7日／晴／周四
晚，枯坐息思之际，窗外几阵蛙鸣。

庭院深深落梨花，
一弯眉月玉钩斜。
一樽酒，半瓯茶，
又听窗外数声蛙。

观水听风

蝶恋花·桃叶成阴

2022 年 4 月 13 日／阴转多云／周三
春已暮。

桃叶成阴春色暮，
野水粼粼，一阵黄昏雨。
点点萍开萍又聚，
依依云起云还住。

枝上残莺声似诉，
蛱蝶飞飞，还作东南顾。
明月不知离恨苦，
清光偏照深庭户。

观水听风

行香子·龙湖骑行

2022年4月24日／晴／周日
环龙湖骑行，野豌豆花开。野豌豆即《诗经》名篇《采薇》中所言之"薇"。

蘋叶青青，岸柳烟垂，
绿阴深处鹧鸪啼。
画桥流水，湖上云飞。
但叩村户，对村叟，觅村醅。

乱红不扫，韶华暗度，
客里登高锁双眉。
尘劳千种，胡可言归？
且乘春辉，换春服，采春薇。

浣溪沙·芳菲半已空

2022 年 5 月 15 日／多云／周日
小公园闲步。

四月芳菲半已空，
莺啼绿暗石榴红。
老梅树下午阴浓。

池里新萍轻聚散，
阶前草木自葱茏。
且倾一盏谢东风。

观水听风

减字木兰花·小满

2022 年 5 月 21 日／晴／周六／小满
清晨，乡间闲步。

一沟流水，两埂野蓬擎露蕊。
麦秀秧分，池鹭双飞过远村。

茶余半盏，齿颊留香心意满。
犬吠人家，庭院闲开栀子花。

观水
听风

唐多令·还乡

2022年5月22日／晴／周日
老屋过夜。

青是稻分秧,黄因麦刺芒。
鹭影斜、野水陂塘。
最是压枝肥杏子,
摘未得、鹊先尝。

晨色半微茫,白蟾欲吐芳。
老屋旁、犬吠枯桩。
欲把年华从此住,
闻鸡舞、事耕桑。

观水听风

眼儿媚·龙湖初夏

2022年5月26日／小雨转晴／周四
傍晚，龙湖闲步。

龙湖长夏柳阴凉，
绿染小池塘。
二三钓客，几丛芦荻，一抹斜阳。

断垣荒径蓬花满，
蝶乱又蜂忙。
云迷溪渡，风吹麦浪，鹊噪修篁。

观水听风

眼儿媚·满树红薇

2022 年 7 月 16 日／多云／周六
傍晚，校园闲步。

鱼戏青蘋自东西，蝉噪夕阳时。
垂垂密柳，纤纤庭草，满树红薇。

桃蹊李径蓬茅满，疏叶覆新梨。
一潭碧水，两声鹊语，慰我开眉。

观水听风

忆王孙·莫如归

2022 年 7 月 28 日／晴／周四
石关消夏。

乱云似雪压松枝,
雨过苍山蝉噪时。
犬吠行人隔短篱。
莫如归,朝饮甘泉暮食薇。

观水听风

浣溪沙 · 幕溪河闲步

2022年8月13日／晴／周六
泾县，幕溪河闲步，晚霞如火。

千岭苍苍日又西，
一溪水浅捣衣时。
猷州城外乱蝉嘶。

满目丹霞犹未散，
一声秋雁已先归。
无边青绿慰双眉。

观水听风

浣溪沙·秋暑如蒸

2022年8月18日／晴／周四
立秋后,高温旬日不断。

秋暑如蒸汗似浆,
满庭蕉叶半枯黄。
斑斑竹影下西墙。

一树蝉嘶喧老耳,
几丛新菊酿秋香。
小词又著两三行。

观水
听风

渔歌子·南园逢秋

2022年9月4日／晴／周日
小公园散步。

几时秋树叶微黄，
谁遣秋风送新凉。
云淡淡，桂苍苍，
篱畔陶菊散秋香。

观水听风

唐多令·龙湖秋凉

2022年9月8日／晴／周四
傍晚，龙湖闲步。

蔓草野池塘，蛩声自短长。
断垣边、老艾疏香。
秋到龙湖才一半，
红蓼岸、荻芦苍。

回雁两三行，青山旧夕阳。
小径幽、一点新凉。
落叶满林迷去路，
听犬吠、问渔郎。

观水
听风

浣溪沙·中秋返乡

2022年9月10日／晴／周六／中秋节
回乡探母。

回雁一声已半秋，
鸡鸣犬吠小村头。
闲云远岫两悠悠。

三径犹开陶令菊，
陂塘徒系采莲舟。
一杯村酒破人愁。

观水听风

浣溪沙·龙湖晚步

2022 年 9 月 15 日／阴有小雨／周四
龙湖晚步。

烟锁龙湖向晚天，
一场秋雨一场寒。
密林深处草虫喧。

一句归鸿偏过耳，
几番落叶又敲肩。
风亭水榭且凭栏。

观水听风

南歌子·京城秋半

2022年9月22日／晴／周四
北京，秋爽时节。

庭前新楸子，金罂挂满枝。
纷纷黄叶覆东篱。
又是一年佳处、爽秋时。

一抹闲云淡，双双旅雁回。
桐枯竹瘦槿花稀。
点点芭蕉疏雨、梦参差。

观水听风

忆王孙·北地秋风

2022年9月25日／晴／周日
北京，校园漫步。

斑斑日影入藤廊，
北地秋风送小凉。
鹊语声中又夕阳。
矮篱墙，新菊才舒点点香。

观水听风

点绛唇·又见人间烟火

2023年1月7日／晴／周六
新冠感染已过峰值，小公园散步，微风吹面不寒。

南陌冬深，绕枝寒鹊闲如我。
鸡鸣犬和，又送斜阳过。

呵手成温，且向篱边坐。
云千朵，霜烟一抹，谁与平分破。

观水
听风

浣溪沙·腊残

2023年1月20日／晴／周五／大寒
小公园散步。

一岁光阴去若飞,
飞花落絮早成泥。
泥鸿聊尔入新词。

词骨须沾新雨露,
露华且喜碧梧枝。
枝头斜挂腊残梅。

蝶恋花·立春

2023年2月4日／晴／周六／立春
红梅花开。

篱下黄花开未落，
眉蹙双峰，枝鸟东西各。
料峭余寒春气弱，
山苍云淡浑如昨。

为语诸君休索莫，
昨夜东风，催绽朱梅萼。
一树红霞应有约，
如烟新草闲池阁。

观水听风

菩萨蛮·龙湖春暝

2023年2月15日／晴／周三
傍晚，龙湖徒步，夕阳西下。

一行鹭起青天外，
水如匹练山如黛。
野径少桑麻，荒村三四家。

夕阳红似染，几抹云烟澹。
归去意阑珊，心空还忘言。

观水听风

武陵春·龙湖春浅

2023年3月2日／晴／周四
傍晚，龙湖闲步。

芦影惊寒春尚浅，
老树立昏鸦。
草未还青柳未芽，
小径夕阳斜。

归雁声声声渐远，
犬吠野人家。
独立长汀对晚霞，
兴有尽、意无涯。

如梦令·惊蛰

2023年3月4日／晴／周六／惊蛰
傍晚，小公园闲步，春意已成。

枝上三分梅瘦，
篱外千丝新柳。
蟾月送黄昏，
几处木兰香透。
知否，知否，
风剪一池春皱。

观水听风

浣溪沙·四顶山小聚

2023年3月5日／晴／周日
四顶山小聚。春意盎然。

一夜熏风过小楼,
菜花篱外语斑鸠。
春烟初上柳梢头。

日月不居人易老,
梅香散尽韵长留。
买鱼沽酒醉巢州。

观水听风

浣溪沙·春回

2023年3月8日／晴／周三
三两日暖风过后，校园春意盎然。

叶叶枝枝次第繁，
红红白白各争先。
疏疏密密柳含烟。

云外春鸿声续断，
水边丹鹄语哗喧。
荣枯得失两闲闲。

观水听风

渔歌子·一夜风高落梨花

2023年3月20日／多云／周一
连日春寒,花开花落。

桃李阴阴柳藏鸦,
海棠才绽一抹霞。
春意短,夕阳斜,
一夜风高落梨花。

观水听风

浣溪沙·南陌雨收

2023年3月25日／多云转晴／周六
小公园闲步，草木新芽，海棠红褪。

南陌雨收落海棠，
千葩百卉又残妆。
春桑叶小柳丝长。

流水青山千万万，
白衣苍狗两茫茫。
一年一度燕双双。

观水听风

浣溪沙·龙湖飞沙

2023 年 4 月 11 日／晴／周二
傍晚，龙湖漫步，飞沙蔽日。

十里长堤千柳斜，
一湖烟浪渺无涯。
绿杨影里漾轻艭。

风急尘沙能蔽日，
亭幽水木更清华。
归来又试雨前茶。

观水听风

减字木兰花·归乡

2023年4月16日／晴／周日
回乡探母。

绿肥红少,开到蔷薇花事了。
莺啭枝梢,墙角新桑三尺高。

塘开一镜,泛水青萍浑不定。
犬吠荒村,桐叶阴阴半掩门。

观水听风

少年游·春暮

2023 年 4 月 28 日／多云／周五
月季花开,石榴花谢。春已暮。

绿阴幽草自生凉,莺啭日初长。
蔷薇作架,水蘋浮碧,荷下睡鸳鸯。

韶光早过三分二,
豆已实、笋犹香。
落絮随风,总无归处,容易断人肠。

观水听风

鹧鸪天·月亮湾纪行之二

2023年5月1日／晴／周一
霍山县东西溪乡月亮湾作家村休闲。

百花开残草如烟,
人间四月鹧鸪天。
且行曲曲弯弯路,
还对重重叠叠山。

人语寂,鸟声繁,
归来杯酒尽余欢。
东溪也似西溪好,
新月还如旧月圆。

柳梢青 · 月亮湾纪行之三

2023年5月2日／晴转多云／周二
霍山县东西溪乡桃李河村休闲。

石径横斜，鹧鸪声里，谢了春花。
山雾笼烟，松边柳下，三两人家。

庭前笑语纷哗，浑忘却、非耶是耶。
鸡犬穿篱，松风度曲，涧水煎茶。

观水听风

阮郎归·枇杷熟

2023 年 5 月 13 日／晴／周六
小公园闲步。

蔷薇香褪过春光，
榴花小试妆。
依依柳线映陂塘，
繁阴作夏凉。

枇杷熟，正堪尝，
压枝杏又黄。
江湖朝市两相忘，
莺歌入短章。

临江仙引·龙湖晚步

2023年6月6日／晴／周二

鹭立,苇乱,滩草没,夕阳斜。
池头一部鸣蛙。
望远山横翠,对归鸟眠沙。
蕨薇芹藻,稻麦豆黍,鸡犬闹桑麻。

归来清风明月我,
当时肺腑无邪。
见隔溪灯火,过临水人家。
由他节序暗换,不觉两鬓霜华。

观水听风

行香子·游桃花潭

2023年6月24日／阴雨／周六
端午假期，雨中游桃花潭。

细雨斜风，危阁虚窗。
烟迷江渚远山苍。
舟横野渡，鸟语修篁。
对天成幕，云成阵，雁成行。

崖高百步，潭深千尺，
踏歌声里忆汪郎。
万家酒店，十里桃香。
想诗中仙，亭中客，饮中狂。

观水听风

眼儿媚·盛夏

2023 年 7 月 15 日／多云／周六
小公园漫步。

榴花开褪紫薇繁，
暑盛乱蝉喧。
草深柳暗，径幽林密，鸟倦云闲。

小轩安坐尘心净，
欲辩已忘言。
眉梢眼底，篱边修竹，郭外青山。

观水听风

临江仙·中央公园闲步

2024年1月29日／晴／周一

路转寒塘亭影动,残阳却被云遮。
坡头嘉木剩枯槎。
地闲人语寂,点点落归鸦。

梅萼已传春风信,轻雷当破桑芽。
几时作伴好还家。
房前三径菊,屋后一园瓜。

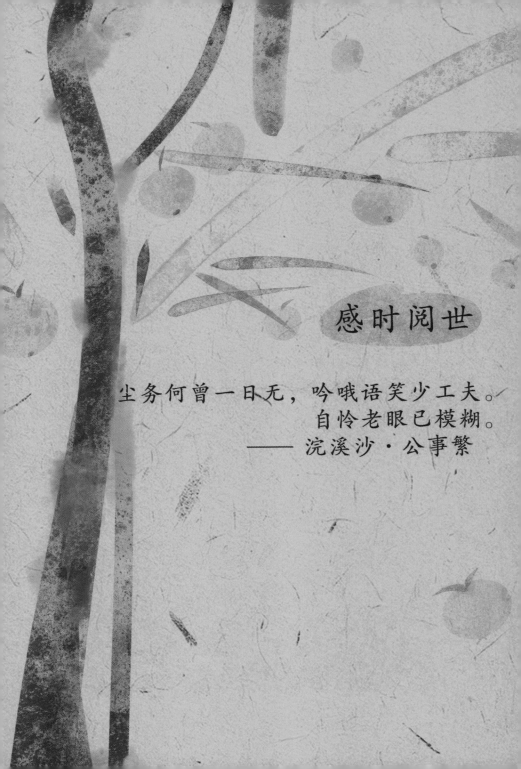

感时阅世

尘务何曾一日无，吟哦语笑少工夫。
自怜老眼已模糊。
——浣溪沙·公事繁

浣溪沙·疫疠未消

2022年4月8日／晴／周五

疫疠未消徒叹嗟，
小桃红褪落梨花。
一坡新草自荣华。

尽日伤春人易老，
终朝忧世苦无涯。
未妨闲啜一瓯茶。

感时
阅世

浣溪沙·庐阳十万家

2022年4月16日／多云／周六
疫情下，废注日繁华。

春醉庐阳十万家，
分明不似旧繁华。
鹧鸪声里日西斜。

壶里酒香浇块垒，
枝头月影透窗纱。
东风一夜落琼花。

感时
阅世

浣溪沙·万籁无声

2022年4月27日／多云／周三
公务繁杂，夜不能寐，披衣起坐。

万籁无声残月斜，
春寒刺透碧窗纱。
尘途扰扰乱如麻。

弹指方惊三月暮，
转头又讶鬓双华。
何时又发旧时花。

感时阅世

浣溪沙·雀语哗

2022年5月2日／晴／周一
老父久病，身体虚弱。不能近旁尽孝，夜不能寐。

屋外啾啾雀语哗，
空堂寂寂老人家。
那堪久病倍伤嗟。

莱子悦亲衣五彩，
吾曹用世误桑麻。
人生苦短复无涯。

感时阅世

长相思·杏子黄

2022年5月28日／多云／周六／回乡。村路杂草丛生,倍感荒凉。

杏子黄,梅子黄。
篱落青青栀子香。
枝头鹊语忙。

劝耕桑,废耕桑。
小径无人园已荒。
独吟谁佐觞。

感时阅世

浣溪沙·偶感

2022年5月30日／晴／周一
公务缠身，颇感疲倦。

岂有劳生半日闲，
朝霞夕照一般天。
小窗风定草虫喧。

何处从容谈旧事，
几时淡荡赋新篇。
一重山水远尘樊。

感时阅世

唐多令·家父仙逝七日

2022年6月11日／晴／周六

蓬屋旧人家，疏篱小径斜。
尽日闲、鸡犬桑麻。
白发星星犹食力，
蛾眉豆、老南瓜。

鹤去远尘沙，空庭息噪哗。
夏阴浓、栀子初花。
欲侍家严终不待，
晚汲水、自煎茶。

长相思·虫声自短长

2022 年 6 月 12 日／多云／周日
思乡。

东面塘，西面塘。
篱落人家绿满窗。
庭前栀子香。

松风凉，藕风凉。
月满星稀夜未央。
虫声自短长。

感时阅世

鹧鸪天·疫疠初消今又来

2022年7月15日／晴／周五
怀远疫情突发，诸事困寒。

疫疠初消今又来，
龙湖晴日乍阴霾。
无边烟水千层碧，
十里长风不散怀。

空庭院，暗苍苔，
森森修竹间疏槐。
闭门弄笔无佳句，
斜月窥窗帘未开。

感时
阅世

眼儿媚 · 过一鉴亭

2022 年 9 月 17 日／晴／周六
流连中国科大眼镜湖秋色,回想前尘往事。

一鉴亭边小迟留,
半亩芰荷秋。
石栏桥上,陶家柳下,万点香收。

西风打落梧桐叶,
片片到心头。
是非功过,白衣苍狗,一笑还休。

感时
阅世

唐多令·重阳忆父

2022年10月4日／阴雨／周二／重阳
父亲端午次日仙逝，倏忽四月矣。

柿叶未经霜，村田稻已黄。
鹊惊飞、犬吠东墙。
满径蓬蒿人迹少，
空篱落、野池塘。

秋雨助凄凉，秋风动惋伤。
梦依稀、短短长长。
犹记庭前栀子瘦，
才端午、又重阳。

感时阅世

临江仙引·疫疠难消

2022年12月19日／晴
疫情肆虐。

木落,岁晚,冰未解,皱眉梢。
三年疫疠难消。
念故山民苦,叹关国萧条。
千家闭户,九市冷寂,霜雁落寒郊。

重整乾坤须协力,凡夫管是英豪。
只气平神定,任风雨潇潇。
阴霾自会扫却,烂漫尽在明朝。

感时阅世

定风波·腊雪迎春

2023年1月15日／阴有雪／周日
小公园看雪。

憔瘦寒枝傲雪风，
支离冻蕊透残红。
鹊踏碎琼枯竹冷，微径，
野梅一簇小桥东。

满目溪山依旧好，酣笑，
祛除疫疠破愁容。
只待新雷催化雨，冬去，
繁英千叠翠千重。

感时
阅世

鹧鸪天 · 抢得梅花一段香

2023年2月17日／多云／周五
闻附院项目获批，感校友诸贤鼎力相助。

云封雾掩一线光，
山高路远雨成行。
芒鞋虽破踏荒径，
竹杖弥坚过野塘。

凭淮水，借淞江，
宵衣勉勉费思量。
惟君一力开生面，
抢得梅花一段香。

感时阅世

阮郎归·群贤集

2023年3月18日／晴／周六
与校友诸贤会于龙子湖畔。

老梅过雨褪残妆,
小红上海棠。
春来无处不飞香,
蜂喧蝶亦忙。

群贤会,发新章,
从容论短长。
一湖烟水正茫茫,
前程未可量。

忆王孙·游官期年有感

2023年3月22日／阴有雨／周三

风寒雨细小池塘，
隔岸桃花浅淡妆。
丝柳斜飞自短长。
不思量，一岁光阴一炷香。

感时
阅世

浣溪沙·桃子压枝杏子黄

2023年5月8日／晴／周一

桃子压枝杏子黄，
恼人时序过春光。
蔷薇零落剩余香。

昏眼犹能分远近，
澄心尚可辩低昂。
不忧酸涩我先尝。

感时阅世

浣溪沙·公事繁

2023 年 5 月 19 日／晴／周五
公事繁忙，老眼昏昏。

尘务何曾一日无，
吟哦语笑少工夫。
自怜老眼已模糊。

入夏风暄催杏熟，
过春萍破伴莲舒。
参差桃径小亭孤。

感时
阅世

浣溪沙·过庐州中央公园

2023 年 5 月 26 日／小雨／周五
中央公园闲步。

夏木阴阴夏雨凉，
穿萝寻径费周章。
松风流水自宫商。

鹊语蛩吟皆有意，
澄心涤虑岂无方。
且抛万事不思量。

鹧鸪天·师友相聚有感

2023年6月3日／晴／周六
师友相聚，其乐融融。纵然白发星星，心中依旧少年。

白发青丝一瞬间，
宁无诗酒送流年。
几声鸿鸟闲云外，
一路繁花落照前。

千里路，万重山，
个中自有小壶天。
荆涂山下长淮水，
苏子杯中白乳泉。

感时阅世

浣溪沙·家父仙逝周年

2023年6月4日／多云／周日

栀子花开又一年，
门庭寂寂鸟声喧。
今时明月昔时天。

每读旧笺皆掩涕，
常忧老母强开颜。
古来聚散最无端。

感时
阅世

锦堂春·偶感

2023年6月15日／晴／周四
公务繁杂，壅滞难进。

世事岂如人意，
浮生莫道炎凉。
老骥奋蹄知才尽，
何患作江郎。

得失原非定数，
荣枯亦是寻常。
春耕毋须言秋获，
对镜不彷徨。

感时阅世

鹧鸪天·南园仲夏

2023 年 6 月 17 日／阴有雨／周六
小公园散步。

一阵轻凉不是风，
千松百柳绿阴重。
每劳残蕊来黄蝶，
时有歌莺入桂丛。

黄梅雨，碧芙蓉，
又添夏景几分浓。
殷勤欲待银钩上，
落寞还投逆旅中。

感时阅世

定风波·感事

2023 年 6 月 20 日／晴／周二
喜公事有进。

每愧才疏敢不勤，
常忧职事倍伤神。
聒耳新蝉啼几处，飞雨，
乱云奔走欲迷津。

碧柳阴阴成一径，风定，
小池萍散芰荷新。
入蜀原知无坦道，微笑，
中诚如旧发如银。

感时阅世

鹧鸪天·立秋

2023 年 8 月 8 日／晴／周二／立秋晚作。

一抹残霞一抹秋，
几声蝉嘶几声愁。
西风有意消烦暑，
斜月无情过远楼。

池柳倦，暮云收，
飞鸿已度白蘋洲。
任他人世炎凉变，
黄发犹堪问酒筹。

天净沙·寒露

2023年10月8日／晴／周日／寒露
傍晚，龙湖漫步。

离鸿去雁归鸦，
暮山寒水残霞，
老树荒村野舍。
萧萧叶下，
断芦枯荻蘋花。

感时阅世

闲居清思

夕阳,夕阳,暮云长。
助诗肠,月上窗。
恼也恼也,恼几度、吟未成章。
—— 江城梅花引·剩丹黄

浪淘沙令·遣闷

2022年6月18日／晴／周六

舒卷本无由，时起时休。
梢头明月又如钩。
荷芰风香当九夏，也拟新秋。

进退岂人谋，何喜何忧。
便如空浪触虚舟。
且合诗书倾一盏，夫复何求。

唐多令 · 尽余欢

2022 年 6 月 25 日／晴热／周六
读未知名年近花甲朋友《自嘲》有感。

花甲慕童颜，荒村起暮烟。
力已微、每伴书眠。
壮气少年行四海，
能几日、夕阳天。

风静水无澜，行吟意自闲。
兴悠然、策杖南山。
白发经霜兄弟在，
频相聚、尽余欢。

闲居清思

鹧鸪天·一曲蝉声自短长

2022年7月3日／晴／周日
暑热难当。

一曲蝉声自短长，
满庭嘉木郁苍苍。
闭门无计消长夏，
开卷何妨候晚凉。

茶烟起，透轩窗，
午风微散藕花香。
蛙鸣池畔声无歇，
月上帘钩夜未央。

闲居清思

鹧鸪天·新书至

2022年7月19日／晴／周二
得《花津长短句》样书百册。

盛暑逼人困未苏，
一壶云雾试茶初。
故人忽报新书至，
推牍听蝉意自如。

居有竹，食常蔬，
弹铗不羡执金吾。
别来虽恨江城远，
又喜寻诗龙子湖。

居闲
清思

浣溪沙·游二祖山寺

2022 年 7 月 25 日／晴／周一
休假。游二祖山寺。

山寺无人四面风，
拨开迷雾万千重。
蝉吟方断一声钟。

看尽大千疑是幻，
觉知方寸本非空。
云舒云卷自从容。

闲居清思

唐多令·锥子山徒步

2022年8月4日／多云转晴／周四
傍晚，锥子山徒步。

林静乱蝉嘶，山深日暮时。
野径斜、茅屋柴篱。
一道黄墙遮隔住，
钟声暗、磬声稀。

眉月挂楼西，今宵玉漏迟。
最堪伤、几许蛩啼。
客宦生涯光景速，
云聚散、影披离。

闲居清思

浣溪沙·校园晚步

2022年8月3日／多云／周三
傍晚，校园空寂无人。

断续蝉声噪晚阳，
小池风度碧荷香。
空庭人静月眉黄。

末宦不辞双鬓白，
浮生喜得一番凉。
凭栏听水懒成章。

闲居清思

唐多令·生日抒怀

2022年8月6日／晴／周六
农历生日。

云敛月初弦,蝉嘶夏未残。
鬓苍苍、又过一年。
点检庭花开未尽,
紫篱槿、粉池莲。

性本爱丘山,敲诗不换钱。
醉管弦、且向樽前。
自古荣衰原有分,
方寸地、九重天。

闲居清思

唐多令 · 感秋

2022年9月24日／晴／周六
北京。忆大学时同学相伴，行走于空寂无人之海淀路。

秋雨洒秋窗，秋风一夜狂。
更无人、灯影昏黄。
老柳凋疏秋竹瘦，
秋梦短、却无央。

秋去易萧凉，秋来更感伤。
四十年、两鬓吴霜。
最是当年秋兴足，
秋街上、少年郎。

江城梅花引·剩丹黄

2022 年 11 月 19 日 / 多云有雨 / 周六

几番秋露又冬霜,
尽丹黄,剩丹黄。
万木萧疏,寒鹊度空塘。
新雨滴残篱下菊,
西风瘦,怕登楼、对夕阳。

夕阳,夕阳,暮云长。
助诗肠,月上窗。
恼也恼也,恼几度、吟未成章。
且尽余觞,一枕待黄粱。
过眼荣枯浑一梦,
空聚散,任炎凉、忘短长。

闲居清思

采桑子·篱边落叶无人扫

2022年12月2日／晴／周五
严寒，一岁将晚，有感。

篱边落叶无人扫，一径红黄。
几度冬霜，老却光阴任短长。

人生聚散真如梦，一醉何妨。
最断人肠，漠漠寒烟过寺墙。

闲居清思

南乡一剪梅·天地莽苍苍

2022年12月10日／多云／周六
疫情未消，防控放开，随遇而安。

天地莽苍苍，
草木荣枯自有常。
累岁顽云犹未解，
寒暑阴阳，旦暮阴阳。

烟水渺茫茫，
世事升沉未足伤。
寄语诸君须释闷，
忧喜持觞，穷达持觞。

闲居
清思

临江仙·岁末

2022 年 12 月 31 日／晴／周六
于新冠感染中度过本年最后一天。

一径枯叶无人扫,
梢头寒雀无声。
碧纱窗外月空明。
满城皆闭户,欹枕过三更。

一年踪迹浑难觅,
雨疏云淡风轻。
人间疫疠几时平。
一樽浮蚁酒,待向故人倾。

闲居清思

浣溪沙·无题

2023年2月6日／阴有小雨／周一

人散园空暮雨疏，
梅香暗吐有还无。
悬知春色到龙湖。

笔下书文宁有尽，
心头尘务岂能除。
霜毛不负此心初。

闲居清思

浣溪沙·雨声繁

2023年2月13日／阴有小雨／周一
公务繁杂，不减老骥壮心。

窗外寒梅半欲残，
庭前老木暗暝烟。
尘劳浑似雨声繁。

好伴春风荣草木，
更将余力续新篇。
桃红梨白鸟关关。

闲居清思

眼儿媚·草木又芳华

2023 年 3 月 30 日／晴／周四

行路迢迢几尘沙,
草木又芳华。
轻寒时节,归来燕子,客处人家。

从今倍惜桑榆景,
春去不长嗟。
一畦青韭,几竿新竹,半亩桑麻。

闲居清思

浣溪沙·月亮湾纪行之一

2023年4月30日／晴／周日
霍山县东西溪乡月亮湾作家村休闲。

山径啾啾百鸟喧,
曲栏杆畔小池边。
杜鹃篱落野村前。

落絮翻飞浑似梦,
容颜瘦损且为欢。
酒阑一啸又华年。

闲居清思

浣溪沙·闻中秋兄医道讲座有感

2023年5月7日／晴／周日
姚中秋教授做客龙湖大讲堂,讲中国医道。

造化生生本不穷,
世间物物故无同。
天人一理自春融。

须信亲亲为道本,
极知善善是仁功。
大医岂在药笼中。

闲居清思

破阵子·生日抒怀

2023年8月24日／晴／周四
农历生日。傍晚，龙湖闲步。

乘兴不辞路险，
放怀还喜林幽。
一带苍山烟水外，
几度蝉嘶老树头。
身如不系舟。

拊髀无须叹息，
沉心岂用推求。
已近黄昏鸿去远，
且待风凉月似钩。
平湖自在秋。

闲居清思

西江月·感冬

2023 年 11 月 19 日／晴／周六
冬已立，彻骨寒。

梦里依稀春露，
枝头又著冬霜。
苍山十月半丹黄，
历了红尘千丈。

有兴不愁酒薄，
无聊且试茶香。
老来还忆少年狂，
岂必苟营熙攘。

闲居清思

沁园春·癸卯年腊尽逢雪

2024年2月1日 / 大雪 / 周四

一天飞琼，三径萧瑟，十分清寒。
渐空林向晚，池鸿声急，
暮鸦缭乱，病叶凋残。
弹指声中，时光暗换，
腊尽春回又一年。
凭栏久，看泥尘遮蔽，竹影斑斑。

小梅风度高闲，便冻蕊、素心愈自坚。
任阴晴气象，浅深踪迹，
短长功业，新旧江山。
得失无由，荣枯有分，
不问穷通不问天。
公退罢，且拥炉对酒，白发酡颜。

闲居清思

八声甘州·立春日午后大雪

2024年2月4日／大雪／周日／立春

渐霜风飐雪满神州，匝地净尘沙。
正老梅吐蕊，冰肌玉骨，疏影横斜。
望眼云天辽阔，逸兴浩无涯。
几点寒鸦过，稚语吩哗。

只道光阴如许，却攒眉呵手，春在谁家。
叹一年容易，庶务乱如麻。
记前路、蹒跚鹅步，又几回、不负好年华。
关心处、飞琼绕郭，且作新葩。

闲居清思

水调歌头 · 癸卯除夕

2024年2月9日／晴／周五／除夕

才把接春贴，换了旧桃符。
九州灯火如昼，飞盏共屠苏。
万事煎蒸煮，百味油盐酱醋，瓜豆软如酥。
爆竹送残腊，时岁隙中驹。

对流景，嗟逝水，意何如。
应知雪后，梅漏消息燕回初。
眉上江湖深浅，眼下风烟浓淡，忽忽又荣枯。
祸福无加减，善恶有乘除。

定风波·
春寒中闻窗外莺语叽喳

2月28日 / 多云 / 周三

雨入寒塘水又波,
松根残雪湿青萝。
篱上知无黄蝶舞,风住,
枝头已啭柳莺歌。

春有桃梨冬有雪,盈歇,
秋观娥月夏观荷。
随分得来随分失,无执,
等闲光景等闲过。

闲居清思

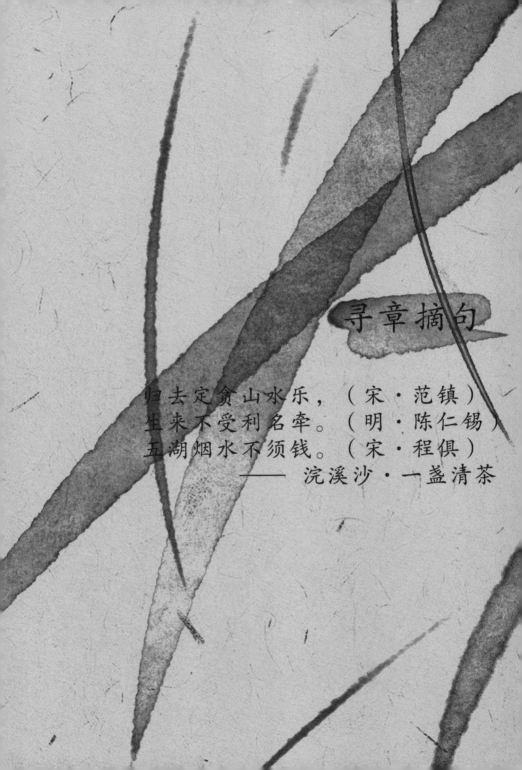

寻章摘句

归去定贪山水乐，（宋·范镇）
生来不受利名牵。（明·陈仁锡）
五湖烟水不须钱。（宋·程俱）
　　　——浣溪沙·一盏清茶

浣溪沙·春雨寒

2022年3月20日／阴雨／周日
雨中看海棠。

一抹琵琶错杂弹，（宋·岳珂）
竹西亭上曲栏干。（宋·赵鼎）
海棠睡足柳初眠。（宋·喻良能）

燕子不知人冷落，（宋·许棐）
樽前翻却酒阑珊。（宋·黄庭坚）
月华如练水如天。（宋·史浩）

寻章摘句

行香子·水抱孤村

2022年4月3日／晴／周日
难得一日闲。

水抱孤村，篱掩闲门，（清·董元恺）
群峰隐隐渐黄昏。（当代·陈仁德）
酒旗斜举，池馆春深。（宋·方千里）
看梅花过，梨花谢，柳花新。（宋·朱敦儒）

来今往古，吟诗度曲，（宋·郭应祥）
拟将书卷对残春。（中唐·张继）
几时归去，做个闲人。（宋·苏轼）
且饮瓢泉，弄秋水，看停云。（宋·辛弃疾）

寻章摘句

浣溪沙·清明

2022年4月5日／晴／周二／清明

自叹清明在远乡，（唐·权德舆）
藏鸦密柳暗横塘。（宋·宋祁）
十分春色半斜阳。（明·李之世）

楼上东风飞燕子，（宋·赵闻礼）
路边桃李问柔桑。（宋·王之道）
神前新火一炉香。（宋·孙永）

寻章摘句

浣溪沙·夏日长

2022年6月26日／晴热／周日
夏日炎炎,闭门枯坐,集古人句以破闷。

木槿花开夏日长,(清·玄烨)
红蕉栏畔小池塘。(宋·李光)
蝉声断续芰荷香。(明·王洪)

竹坞疏篱新院落,(明·黄泽)
绿杨阴密覆回廊。(宋·寇准)
门闲心静自清凉。(宋·陈师道)

寻章摘句

浣溪沙·一盏清茶

2022 年 7 月 19 日／晴／周二

一盏清茶一缕烟，（唐·罗隐）
松声都到小窗前。（宋·邹浩）
偶无公事负朝暄。（宋·黄庭坚）

归去定贪山水乐，（宋·范镇）
生来不受利名牵。（明·陈仁锡）
五湖烟水不须钱。（宋·程俱）

寻章摘句

浣溪沙·阳历生日感怀

2022 年 8 月 24 日／晴／周三

一岁诗成知几篇，（明·吴宽）
百重堆案掣身闲。（宋·苏轼）
三更残月下空弦。（宋·宋祁）

满壁图书供老眼，（清·许传霈）
一庭风露听鸣蝉。（宋·陆游）
无人独酌亦成欢。（宋·张耒）

寻章摘句

浣溪沙·梧叶新黄柿叶红

2022 年 10 月 7 日／阴／周五

梧叶新黄柿叶红，（宋·杨万里）
参差苍桧映丹枫。（宋·陆游）
不堪摇落又西风。（宋·蔡戡）

秋雨滴阶桐已老，（宋·寇准）
新泥没径屐难通。（清·王定柱）
人间得意不须浓。（宋·邓忠臣）

寻章摘句

采桑子慢·韶华几许

2022年11月10日／晴／周四

韶华几许，（宋·韦骧）正是老子南楼。（宋·毛幵）
待留住、今宵休去，（宋·陈三聘）半盏茶瓯。（当代·伯昏子）
水自东流，（宋·吕本中）白云犹似汉时秋。（唐·岑参）
不堪回首，（宋·秦观）黄花渐老，（宋·叶梦得）
处处新愁。（五代·冯延巳）

深院一番风起，（明·周珽）伤今萍梗悠悠。（宋·吴礼之）
料天远、争如人远，（宋·黄机）莫莫休休。（宋·陈师道）
无乐无忧，（现代·寇梦碧）轻蓑短棹弄扁舟。（金·任诇）
半规凉月，（宋·周邦彦）放在眼底，（元·高文秀）
又嵌心头。（明·龚鼎孳）

寻章摘句

唐多令·初冬感怀

2022年11月13日／阴有小雨／周日

扰扰几时闲，（宋·张抡）
庭前霜满天。（明·商景兰）
倦抛书、且自闲眠。（清·季兰韵）
无意听蛩蛩自唱，（当代·蔡淑萍）
清露冷、不知寒。（清·吴绮）

独自暮凭阑，（南唐·李煜）
浮生能几年。（清·顾太清）
叹劳劳、旅鬓徒然。（清·徐釚）
万绪千丝提不尽，（明·俞彦）
也非易、也非难。（宋·曹勋）

寻章摘句

忆王孙·徒倚阑干衫袖冷

2022 年 12 月 3 日／晴／周六

徒倚阑干衫袖冷,（宋·杨万里）
山不断、（宋·仲殊）水寒江静。（宋·杨无咎）
短篱残菊一枝黄,（宋·吕本中）
又恰是、（宋·刘儗）、西风劲。（北宋·黄裳）

人同过隙无留影,（唐·窦常）
持玉盏、（宋·晏殊）、醉来还醒。（元·无名氏）
闲中一卷圣贤书,（宋·张抡）
小院落、（清·左锡嘉）、苍苔径。（清·厉鹗）

寻章摘句

浣溪沙·除夕

2023年1月21日／晴／周六／除夕

爆竹声中一岁除，（宋·王安石）
流年不驻隙中驹。（宋·葛起耕）
流霞曾饮一杯无。（清·郭象升）

半亩林塘三径在，（明·张子翼）
江湖烟雨故人疏。（宋·艾性夫）
一堂风月一床书。（宋·吴芾）

寻章摘句

减字木兰花·癸卯新年

2023年1月22日／阴／周日／大年初一

卖花担上,买得一枝春欲放。(宋·李清照)
粉瘦香寒,独抱深心一点酸。(宋·朱敦儒)

昏然独坐,举世疏狂谁似我。(宋·张元干)
隐几焚香,对酒一壶书一床。(宋·李曾伯)

寻章摘句

江城子 · 春在溪桥第几家

2023年3月3日／晴／周五

春在溪桥第几家,（宋·赵时韶）
柳初芽,杏初花。（宋·程垓）
犬吠鸡鸣,（明·汤显祖）,一径入林斜。（唐·刘禹锡）
最是夕阳烟雨后,（宋·释行海）
云破月,（宋·张先）月笼纱。（现代·李继熙）

水边松下一瓯茶,（明·陈焯）
曲篱笆,（清·钱贞嘉）老生涯。（宋·朱敦儒）
往事难追,（宋·韩元吉）劝酒说京华。（明·程本立）
且把简编遮病眼,（宋·胡寅）
听野老,（清·陆震）话桑麻。（清·梁启勋）

寻章摘句

破阵子·东风暗换年华

2023年4月5日／多云／周三／清明

怎不教人易老,(宋·司马光)
东风暗换年华。(宋·秦观)
几处杜鹃啼暮雨,(宋·仇远)
门带清溪石径斜。(宋·艾性夫)
闲庭掩落花。(宋·李含章)

荡涤胸中潇洒,(唐·吕岩)
不占半点尘沙。(金·侯善渊)
枕上诗书闲处好,(宋·李清照)
小灶何妨自煮茶。(宋·陆游)
安心即是家。(宋·王炎)

寻章
摘句

蝶恋花·花事了

2023年4月15日／晴／周六

花褪残红青杏小，（宋·苏轼）
浓绿阴阴，学语雏莺巧。（宋·赵长卿）
云外宾鸿声渐杳，（元·许有孚）
檐前数片无人扫。（唐·戎昱）

忙处人多闲处少，（宋·王诜）
飞絮无情，更把人相恼。（金·段克己）
窗暗窗明昏又晓，（宋·张元干）
玉山一任樽前倒。（宋·李之仪）

寻章摘句

锦堂春·感事

2023 年 7 月 10 日 / 晴 / 周一

世事漫随流水，（南唐·李煜）
黄花笑我多愁。（宋·程垓）
弹指大千何远近，（宋·胡寅）
天地一沙鸥。（唐·杜甫）

跃出迷津欲浪，（元·姬翼）
西风不碍归舟。（宋·宋伯仁）
浮生本自云无定，（宋·彭汝砺）
十二酒家楼。（唐·张白）

寻章摘句

浣溪沙·感事

2023 年 7 月 31 日／晴／周一

三载相依葛与瓜，（宋·汪藻）
去来征棹几年华。（宋·葛绍体）
坐看山色老烟霞。（唐·吕岩）

篱落有香花淡淡，（元·尹廷高）
乔松转日影斜斜。（宋·吴芾）
夜来魂梦到天涯。（宋·王之道）

寻章摘句

浣溪沙·新秋闻蝉

2023年8月11日／晴／周五

噪柳鸣槐晚未休，（唐·许浑）
清风一至使人愁。（宋·王安石）
乱蝉无数咽新秋。（宋·张扩）

客路风光催我老，（明·江源）
尘埃容易白人头。（明·林光）
杜门终日绝营求。（宋·韩维）

寻章摘句

唐多令·感秋

2023年9月27日／多云／周三

秋影入檐长,（唐·元稹）
平沙起雁行。（宋·寇准）
认断云、低度横塘。（元·仇远）
夜动霜林惊落叶,（唐·李颀）
有寒月、总昏黄。（清·唐蕴贞）

知历几兴亡,（元·方澜）
关河去路长。（唐·郑巢）
泻胸中、万斛沧浪。（清·奕绘）
老境何尝忘一笑,（宋·陆游）
新酒熟、菊花香。（宋·逸民）

定风波 · 中秋无月

2023 年 9 月 29 日／阴有小雨／周五／中秋节

月在愁云黯淡中，（宋·周紫芝）
一年佳节又虚逢。（宋·艾可叔）
帘外西风黄叶落，池阁，（五代·李珣）
离离秋色到疏桐。（清·卢世㴶）

尘世难逢开口笑，年少，（宋·苏轼）
一尊相对古今同。（明·李雅）
莫笑老翁犹气岸，君看，（宋·黄庭坚）
天香两袖气如虹。（明·曹义）

寻章摘句

定风波·有感

2023年11月12日，阴，周日。用东坡韵。

莫听穿林打叶声，（宋·苏轼）
寒云孤木独经行。（唐·崔峒）
赖有清吟消意马，（宋·杨亿）却怕，（宋·王质）
萧萧华发满头生。（唐·牟融）

盏底圣贤同醉醒，（宋·饶节）夜冷，（明·商景兰）
晓云如送又如迎。（宋·释智愚）
转似秋蓬无定处，（唐·白居易）人去，（五代·阎选）
夕阳犹占一峰晴。（宋·吕陶）

寻章
摘句

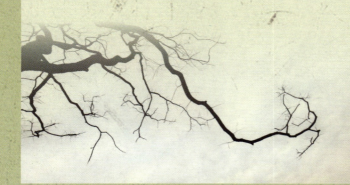

西江月·偶感

2023年12月6日／晴／周三

久被尘劳关锁，（五代·郁山主）
何妨曳杖闲行。（宋·赵希㘵）
风摇杂树管弦声，（唐·宗楚客）
隔水别开鸥径。（清·李慈铭）

明日阴晴未定，（宋·朱敦儒）
人间风雨无情。（元·姚云文）
江湖泛去一舟轻，（宋·邵雍）
不问南山远近。（宋·方岳）

寻章
摘句